中国少数民族文学发展工程
出版扶持专项

牛蒡草

（蒙古族）海风／著

作家出版社

海风　笔名腾吉斯，蒙古族。中国作家协会会员，内蒙古文学翻译家协会副主席，《民族文学》特约翻译家。1980年2月8日出生于通辽市奈曼旗，2002年毕业于内蒙古大学蒙古学学院新闻系，现任《花的原野》杂志社副主编。曾在鲁迅文学院第十届中青年作家高级研讨班（少数民族文学翻译家班）学习深造。创作诗歌、散文、小说作品，发表于区内外报刊。又从事文学翻译工作，先后翻译三百余万字的作品，译作发表于区内外文学杂志和《中国当代少数民族文学翻译作品精选》。出版翻译作品“前沿作家汉译蒙丛书”《作为行为艺术的爱情生活》（中、短篇小说集）、蒙译汉诗集《黑骏马》和蒙译汉散文集《彩虹岁月》；出版蒙古文诗集《郊外的秋天》和汉文诗集《时尚中国　我为模特写诗》。2013年7月，译著《四胡之神》荣获第十届内蒙古自治区文学创作“索龙嘎”奖。

作者近照

目 录

母亲　请谅解我在子夜开灯写诗

窗外明月与游云细语
寂寞的秋夜难以入睡
唯有母亲在身边安然进入梦乡
让我不禁想象您美妙的梦境
是否宛若黄羊在雾霭中呵护羊羔
带我在亚细亚的旷原中漫游远涉
或梦见为儿媳的纤纤玉指戴上银戒
或回味我童真时麦穗初吐般的稚嫩

从天窗映射一束耀眼的光芒
静谧中诗歌女神乘莲花而降
为我灌顶甘露般圣洁诗思
沸腾的胸膛里滚动语言的珠玑
血管化为枝繁叶茂的菩提树
炽热的火山在汹涌的心海中爆发

正如人类有伟大的母亲
诗歌亦有灵感之母——诗歌女神

今夜纵有诸多诗人期待她的尊驾
却唯独眷顾您的爱子啊　母亲
纵有宇宙万物律动曼妙
孩儿空洞的心绪渴望着诗歌弥补
今夜的繁星不会为我记下新的诗句
央金拉姆女神赐予的诗乳即将凝结

母亲　请谅解我在子夜开灯写诗
诗歌在光影波动中令我披衣起身
我要用暗淡的笔墨记录华美的诗行
我要用褶皱的稿纸烙印富丽的章节
摘一颗闪动的星星做我诗歌的标点
裁一片飘浮的祥云做您梦中的锦被
母亲　请谅解我在子夜开灯写诗
漫漫人生中您和诗歌始终是我心灵的圣殿

郊外的秋天

读到了我
清瘦的身影
即将枯萎的艾草
用最真诚的芳香
向我依依告别

路边的白桦
瑟瑟地挥洒着
油画般的色彩
我要把那些色彩珍藏在
瞳孔最深的橱窗里
拿到冬日里鉴赏

列车用沉重的呼啸声
宣示着一个季节的涅槃
迷蒙蒙的远雾
张开了薄薄的嘴唇
为我揭穿凉风的一丝预谋

何处升起一缕
思念般幽蓝的炊烟
在阴山脚下悠然升腾
像一炷刚点燃的问号
问津着这明净的天空

那圆圆的喜鹊巢
岿然挂在杨树枝上
在懒洋洋的秋阳下
为我孵化着
绿茶般淡淡的忧愁
我仿佛望见
阳光下一片发黄的草场
还有那镰刀般锋利的岁月
父亲那顶灰色的帐篷
是我蛰伏一生的宫殿
一行行南飞的秋雁
是我挥动翅膀的思念
一直到天涯……

写给大草原的诗

迎着朝阳我走进了你
草原你像美丽的少女
微笑着张开了绿臂
黑骏马扬起了飞鬃
带着我奔向了远方
萧萧的野风是我的伴侣
南飞的大雁是我流动的思念
而我是草原的骄子
草原赋予了我博大的胸怀
我在驰骋，我的思想在驰骋
因为我已解脱了一切束缚
奔向了自信　奔向了将来

远方似乎传来了马头琴的声音
那是天籁之音在召唤我
眼前浮现了蒙古包的远影
那是心灵的归宿在指引我
我要跃下马踏上这绿色的土地

走进草原的宽广与慈祥的怀抱
拉起马头琴让天籁之音陪伴我
饮到奶茶让草原的恩情滋润心田
我实现了天人合一　回归了大自然

柔风送爽　明月荡空
草原的夜晚是那么宁静
从蒙古包的天窗我在与星星对话
他们向我讲述星河的浩瀚
我向他们讲述草原的广阔
月亮女神对我微微一笑
赋予我诗歌的奇妙灵感
我的心灵变得山泉般清澈
我的笔如骏马般飞腾
为绿野　为河流　为山峦
为这广袤的草原和灿烂的星河
我要写下诗篇——一首长调般悠扬的诗篇

波斯菊

我用最透明的嗅觉
在独恋你的芬芳
好似小时候阿姨的雪花膏
雨过天晴的抚慰
在亲吻你的花瓣
好似忧郁过后命运向我微笑
啊！波斯菊
你从遥远的波斯飘然而至
悄然绽放在诗人的花盆
虽没肚皮舞的狂艳
虽没白纱遮面的娇羞
却拥有唤醒思想的颜色
依然拯救了我颓废的墙角

梦

契丹
　孤坟
　　惊起一双洁白的梦
沉睡千年的睫毛
　　在阳光下
倾诉　相思的风

枕着思念
吟唱着永恒爱情的
公主与王子的梦

原来是
　　已将千年明月
　　　　冰冻的
　　　　　　潭！

牛蒡草

如果沙漠是主宰你的君王
你是他怀抱中的爱妃
沙漠的抚爱让你受宠若惊
却用那一袭醉人的芬芳
报答浩瀚沙漠的万千宠爱
而那高高在上的太阳
为此感到无限的嫉妒
想用灼热的光芒
欲戳穿你鲜艳的花容
欲烧焦你柔嫩的花萼
让整个黄沙疯狂地燃烧
让你在嫉妒的火焰中涅槃
但太阳总是功亏一篑
虽然你的名字并不雅
但依然是漫漫沙漠的宠妃
让我艳羡得跳下牛车
去亲吻你带刺的花瓣
深深陶醉在那一袭醉人的芬芳

红蜀葵

看着你撩人的妆容
摸着你高耸的枝干
赏着你微露的娇羞
防着你暗香涌动的诱惑
我每天早晨走过小区
不忙之时我还驻足观赏
想和你说说话，唠唠家常
听听你昨夜的忧愁
和今晨对露珠的眷恋
还有在草坪中鹤立鸡群般的孤独
你耐不住无尽的惆怅与寂寥
像违反计划生育的妇女一样
每天清晨一个接一个生着花朵
你藐视着一楼的窗户防护栏
像奥运会撑杆运动员一样
每天都蒸蒸日上暗自生长
你似乎每天晚上探着头
偷看一楼人家的高清电视

提心吊胆地看着天气预报

生怕秋天的脚步无情临近

生怕一场秋霜打落你高傲的枝干

和那依偎在枝干上撒娇的花朵儿女

为此你隔几天做一次噩梦

我也时常为你捏一把汗

为你默默地祈祷着　祝福着

因为每天早晨看见你是我莫大的荣幸

秋叶之歌

秋雨冻结我的绿色
秋风使我离开树母亲
我落下了
落在曾哺育我的这片土地
是烈火给了我
绽放光芒的机会
我终于燃烧了
燃烧在这寒冷的秋夜
用最后的气息托起那熊熊的火焰
来温暖我周边的一切
我要向寒冷挑战
我要向黑暗挑战
用光芒向一切挑战
照亮人心深处的那片黑洞
虽然黎明时我将变成一堆灰烬
但我在那静静地等待
等待来年春雨的滋润

变成沃土换得花朵的芬芳
那阵阵芳香
正是我绿色生命的复活

静

蚂蚁在即兴朗诵着情诗
细菌在空中弹奏着古筝
小雨点在荷叶上跳着曼妙的芭蕾
雪花浪漫地飘落在大地的掌心
我感受着　升华着
却变成了胎盘中的婴儿
在混沌无知的境界里踊动
不愿睁开眼睛吮吸光明
又化成为太极球
在岁月老人布满皱纹的手掌里转动
阴阳若即若离　环游在宇宙的柔水中
静中自有高山　流水　碧海　蓝天
和那清风　明月　田园　牧歌
唯有大静方能造化万物
唯有心静才能扭转乾坤

巴尔虎姑娘

如草原上漫游飘散的朵朵白云
巴尔虎姑娘戴上了她白缎头巾
如吻着晨露冉冉升起的骄阳
巴尔虎姑娘穿上了鲜丽的红袍
我要像矫健的骏马驰向她心灵的牧场
我要像翱翔的雄鹰飞向她思念的森林

她是这片原野中开怀嬉戏的精灵
她的笑颜是一场及时的草原喜雨
让我心灵的万朵花儿悠然盛放
她永远属于这片富美的巴尔虎草原
我要像矫健的骏马驰向她心灵的牧场
我要像翱翔的雄鹰飞向她思念的森林

当天使穿上制服

伴着您的微笑
列车驰向芬芳的远方
家的温馨跃然心头
带着您的问访
列车温和地走过山川
心情从车窗外赏读了美景
贴心服务是清泉
滋润了多少疲惫的心扉
肩上责任是高山
解答了诸多固执的疑问
当天使穿上制服
青春谱写着巾帼曲
当人生在钢轨上盛放
你在浩浩旅程中舞婆娑

那个下雨的晚上

背着电脑沉重的辐射
听着脚步对楼梯的灰暗表白
觉得云层蕴集的雨意
是我触手不及的远方的朱唇
让我捏了一把受潮的忧郁
数着一罐罐现实的咸菜缸
梦想的小白菜不由暗自饮泪
妈妈煎的鸡蛋饼是今晚的霞光
让我尝到沙葱般稚嫩的生活馨绿
而黑夜是沾满灰尘的皮鞋
我已穿着她孤独地走了整整三十年

静 园①

似一把沉重的锁
紧紧地锁住了清瘦的帝国梦
似一阵瑟瑟的秋风
吹散了封建苍老的垂辫
似一条白绢手帕
温婉地擦拭了朱红的眼泪
走进了静园
我不由意识到
皇帝是踌躇的
踌躇得如一只受伤的猛虎
妃子是幽怨的
幽怨得如哀鸣的夜莺

---

① 天津静园位于天津市和平区鞍山道 70 号（原日本租界区宫岛路），始建于 1921 年，原名乾园，是民国时期参议院议员、驻日公使陆宗舆的住宅。1925 年溥仪被冯玉祥撵出北京后，来到天津张园，两年后偕皇后婉容、淑妃文绣来到同街乾园居住。溥仪随后把乾园改名为静园，取“静以养吾浩然之气”之意。他在此“静观变化、静待时机”，继续他荒唐的皇帝生涯，蛰伏待机，图谋复辟满清帝国。

走出了静园
我不禁启悟到
历史何其透明
正如我手中的矿泉水
让后人戏说纷纷
未来何其渺茫
正如天津港弥漫的烟云
只能让人静观其变

起草于天津静园，修改于呼和浩特

我喜欢简单的冬天

我喜欢简单的冬天
没有雷电没有暴雨
没有短裙没有丝袜
我喜欢简单的冬天
有赤裸的白杨和宁静的白雪
将我催眠让我禅定
有妈妈腌制的酸菜和意志坚强的冻豆腐
还有一口铮铮大铁锅
为我的味蕾演奏着温馨的钢琴曲
我喜欢简单的冬天
有芳香的羽绒服和冷艳的牛仔裤
拯救了女人完美的曲线
还有美人冰冷的嘴唇
冷却了我的思想
潜入地壳下深深冬眠
梦见阿拉斯加的白尾海雕
啄瞎了太阳的眼睛
让春天永不再来

海边随想

——2004 年“五一”长假游大连观海有感

我仰慕了您的宽广
我终于想到雨果的名言
人的胸怀还是比您大
但您千万别向我质问
只是某些人的胸怀狭小而已

我拜访了您的蓝色
我终于找到了期盼已久的颜色
请不要惊涛拍岸
请莫让海鸥奋飞
就让我伴着寂静的蓝色陶醉

眼前浮现了您的岛屿
但我不求任何灵丹妙药
只寻觅那传说中的美人鱼
请你把迷蒙的烟雾撩开
让我目睹她甜美的微笑

今秦皇寻丹之路已淹没
曹公吟诗之情已久远
唯独我守在您岸边
向远方寄去了无限遐想
在内心深刻演绎那段渔舟唱晚

您深深地伟大地呼吸了
为我送来几根海藻
不见那多彩的贝壳
我只好把这段回忆送给您
让它化作七色的海螺守候您

流·梦

弯月　孤独　桥边
我的心静静地流向你
垂柳　长发　白裙
你漫漫地流向暮色
如月光般流进了夏夜的梦
梦是那么迷人　你比梦还迷人

都市雨景

淅淅沥沥　大自然最熟悉的声音
下雨了　雨中的都市是人间的美景
它从来不收门票　只要你把头伸出窗外
一双眼睛在张望　在记录着
等雨后把这风景再搬到家　搬至心情内部
闷热天再翻出来观看　进而陶醉
看　烟雨中多少楼宇如虔诚的教徒
接受着苍天赋予的浩瀚的洗礼
多少情侣漫步在雨中天做伞　情做柄
甚至那楼顶上的太阳能
也享受着雨的滋润　太阳完全失去了意义
楼下的大红花愈加粉嫩无比
流露着粉红色的少女般的芬芳
大地的皮肤搽上了保湿霜
云朵的杰作让我尽收眼底
小小的窗户让我的元神出游
干枯的心灵海燕般飞了起来
这里没有喧杂的人群和拥堵的车辆

而只有雨空中的天人合一
雨停了　但我始终不愿苏醒
脖子上盛开了绿色的花朵
心情的干田也吐了金穗　迎风飘荡

乌兰巴托的姑娘

你的温柔让我陶醉
你的多情让我依恋
你的眼睛清澈明亮
像图拉河水在原野上流淌
你的身姿修长可爱
像罕山的白桦在亭亭玉立
啊！乌兰巴托的姑娘
美丽的乌兰巴托姑娘
我从你的心灵读到了绿色草原
传说中那鲜花盛开的美丽草原
你有多少忧愁请对我诉说
我愿用真心分担你的忧愁
伴着你走出黑暗的角落
你有多少孤单请对我表白
我愿为你献上粉红的玫瑰
让你的爱心在春天里开放
啊！乌兰巴托的姑娘

美丽的乌兰巴托姑娘

我从你的青春读到了浪漫的人生

一个用美酒和歌谣来装扮的人生

大连的风　大连的雨

幽蓝的海上飘着细雨
云雾遮掩您远去背影
瑟瑟海风吹拂着头发
让我记起您婀娜身段

我像一只无助的海龟
背负着痴心妄想爬行
在金石滩苦苦寻觅着
纯真美丽的大连女孩

啊，大连的风，大连的雨
请告诉我伊人情归何处？
啊，大连的风，大连的雨
请告诉我姑娘花落谁家？
请用那飘飘洒洒
飘飘洒洒的柔情蜜意
温婉地抚慰一位青年泣血的苦痛

海鸥总嘲笑我的单纯
海藻更羁绊我的执着
无情的海浪将我打翻
我依然爬过飘渺云雾

我像一只快乐的海龟
描摹着那浪漫的憧憬
为了美丽邂逅的传说
在金石滩苦等一万年

啊，大连的风，大连的雨
请告诉我伊人情归何处？
啊，大连的风，大连的雨
请告诉我姑娘花落谁家？
请用那飘飘洒洒
飘飘洒洒的柔情蜜意
温婉地抚慰一位青年泣血的苦痛

致百合（组诗）

——献给秦云

一、含苞待放的百合

——百合花将在人间绽放，百合公主将在呼伦贝尔草原诞生。

太阳迎着你升起　草原在你的芬芳下沸腾
在彩云与长空上留下了五彩的光环
星夜下的南屯渐渐沉入梦乡
灿烂的梦比霓虹还要美观
这似乎预示着新的希望将要诞生
似乎预示着新的天使降临人间
星星为你轻唱了摇篮曲
你是万朵百合中最鲜艳的一枝
等待着春风把你唤醒
伊敏河为你献出了绿滩
你是一枝将要盛开的百合
在梦的角落里静静地萌生
春天的雨滴是你的使者

你的枝叶将在阳光中伸展
世间万物都等候着你的盛开

二、盛开的百合

——迎着阳光百合花盛开了，从此，人间有了幸福和快乐的天使。

你静谧而又辉煌地盛开了
盛开在这多情的金色土地上
成为父母内心花园的最爱
成为老人们贴心的小棉袄
阳光是那么温暖明媚
你用芬芳的心灵感受着
春风是那么和煦拂面
初展的花瓣显得纯洁幽雅
享受着春雨浪漫的恩泽
开始了奶酪般香甜的生息
幸福如清泉甘露般将与你相随
成功如金色花环般将与你相伴

三、舞动的百合

——舒展着枝叶，百合花舞动在原野，将芬芳和高雅传遍了人间。

正如那一道雨后的七色彩虹
你起舞在碧绿的原野上
正如那展翅欲飞的雏凤
你翱翔在湛蓝的天空中
那里是你快乐的象牙塔
也是飞黄腾达的洞天福地
你抬头凝望夜空之时
星星在天河里浪漫地舞动
你驾乘着希望的飞鬃马
驰骋在梦想的绿色草原时
金莲花朝着你舞动　歌唱
溪流为你欢声伴奏　鼓舞着
万物生灵都是你的热心观众
你在大地母亲和长生天的怀抱中自由起舞
空气随着优美的动作振奋
时光随着欢舞的姿势凝结
珍珠闪烁在你的心灵中
草原回旋在你的裙摆里
你戴着盛满阳光的桂冠起舞
成功的火焰在青春的血液里沸腾　飞升

四、圣洁的百合

——她是一枝圣洁的百合，她是我诗歌的皎洁的灵感，我要用诗歌祝福她。

随着浪漫的人生曲
日益灿烂的百合花在芬芳
那是水晶般纯洁的百合花
我用乳汁比喻她的纯真
我用月光描绘她的文雅
我独坐在二十一世纪
一个孤独的角落里
默默地为她写诗
因为她是这个时代的美丽精灵
纯洁的心灵使她
为多彩校园桃李奉献
优雅的姿仪留驻了
青春年华的经典回忆
请所有人读一读我的诗歌
为她献上最真诚的祝福
让忙碌的时光驻足停留
为她献上最美丽的花冠
因为她是圣洁的百合花
在这个时代传播美丽风景的百合公主

大 海

蔚蓝是那么深远　悠长
徘徊的脚步如爬行的海龟
迟迟地伴着您收罗天涯
您伟大而又深沉的呼吸
泛起了温柔而奔卷的浪花
滋润了我内心深处的森林
潮湿的海风寻觅着方向
却掠走了我那一段忧愁
海鸥的翅膀渗着蓝色的血
却把另一只翅膀献给了我
弥补了梦破损的一半
我要斩断那腐烂的海藻的束缚
寻找芬芳的命运和灿烂的希望
勇敢地拾起我的冲锋号
——那个海边的七色海螺
吹响大海您那首古老的起航歌
来唤醒传说中美人鱼的千年梦幻

爱情的黎明

背着孤寂的包袱
提着无眠的苦水
我上了黑夜的列车
行驶在无尽的黑暗里
终点站可能是遥远的黎明
我在等待　等待一个爱情的黎明
没有你的依偎
天上没有月光
没有你的窃窃私语
星星是那么暗淡
我在黑暗中寻觅着光明
你的爱情快车何时驶来
我在等待　等待一个爱情的黎明

达拉特姑娘

——达拉特，一个美丽的邂逅，浪漫的别离

柔嫩的藤蔓上
缠绕着翠绿的情意
那浓香的黄花
是谁深恋的嘴唇

哦，是那条黄河的美人鱼
游进了我秋天的记忆
她的笑容是白泥井甜蜜的玉米
每一粒都如璀璨的明珠
在我梦中闪烁

阴山石灰

狼牙似的阴山
梭锯着苍穹
白屑飘落在山脚

喜鹊的铁巢

——观呼包高速公路旁电线杆上的喜鹊巢有感

她是流浪者
筑起了铁巢
蛋里充着电

包头印象

尘雾中
我望不见鹿
飞鸟的双眼里
黄河在荡漾

吉祥的飞腾

啊　看那飞鬃马
从草原深处飞腾而来
飞鬃像旗帜般飘扬
奔腾像闪电般作响
在高原的胸膛上
扬起了我对遥远的思念
在苍天的笼盖下
荡起了我对雄鹰的幻想
飞鬃马将要唤醒草原
吹开乳香般甜美的风

啊　飞鬃马在奔腾
正在挥洒着神韵与吉祥
那神韵能消灭一切灾难
那吉祥能镇灭一切瘟疫
能召福气降临大地
能召瑞气装饰山川
看那飞腾的气势

恰似紫气东来吉星照！

啊　看那飞鬃马
奔向远方的草原
原野上盛开了花朵
敖包上升起了暖阳
小草对着春风笑
百灵奋飞唱欢歌
看那初春的绿草原
生机盎然牛羊醉

坐 禅

——致诗人博·宝音贺希格

如果沙漠长出了手
会接下太阳最后一滴眼泪
如果我打开了天目
会寻觅你诗歌朦胧的源头
那里是否生长着一棵菩提树
树下有一位思想者
八百年如一日地坐禅

致哈森

楼宇在墨香中酣眠
末班地铁带走了疲倦的冒号
关闭了电脑
摘下了眼镜
用乌兰巴托的弯月梳理了长发
千年古槐的枝头上
栖息了巴·拉布哈苏荣的诗句
将用五千年的方块妙语
清脆地鸣唱哲理的诗韵
点亮了玻璃幕墙灰色的眼睛

呼和浩特

唱着草原
盖着大楼
养着奶牛
饮着奶茶
吃着羊肉
还是牛奶多　诗歌少

大 连

白鲸会唱歌
美女会走秀
老虎滩的虎斑贝
也在我的抽屉里
默默地唱着大海是故乡

哈尔滨

城市是项链

中央大街是用冰雪串起来的

太阳岛是松花江串起来的

成 都

小吃一碟一碟

风景一片一片

巴蜀墨客一群一群

真歆羡刘皇叔

真想在那里寻个知己

喜宿前不塔气

漫瀚山下鸡犬欢
缕缕炊烟入云天
谁言村舍不曾美
在吾笔下竞临安

咏唇

柔嫩像我童年
让我酣睡
梦都是柔嫩的
粉红像我青春
让我领悟
爱情殷红地成熟

眼镜蛇

眼镜蛇在荒野匍匐

吐着鲜红的芯

慢慢爬向沼泽

寻觅着斑斓的罪孽

约 会

闻见那串脚步

丁香向我微笑

花丛中才露裙角

我不禁拥吻了夏天

两碗冰茶泛起了温馨的涟漪

动物世界

美丽的斑马
华丽的蟒蛇
高大的长颈鹿
矫健的猎豹
在碧草如丝的草原上
如狮吼的劲风般飘荡
眼睛情不自禁走火
射出了艳羡的子弹
它们报我以冷峻的目光
用挑逗的花纹暗自远遁
悠然飘向百兽栖息的稀疏草原
草叶上缀满了野性十足的白露
一阵阵的非洲风在荧屏上咆哮

蓝色的下午

——此刻，如果她穿着青花瓷系列礼服，依偎在我身边

她的依偎
在我肩膀上流淌
我的心似倒栽的火箭
从万米高空跳入
那一潭幽蓝的柔水
飞溅起人间最浪漫的水花

丰腴的原野

丰腴的原野
吸引了的诗歌柔手
还有瞳孔最美丽的梦
思想漫流清泉
沿着柔美的曲线流淌
我发现丘陵是最动人的羞涩
绿草是它们最高雅的遮叶

网球场上的阳光少女

少女的灵动
是网球场上的花园
洁白的球衣
是阳光迷恋的天堂
火热的网球
多情地划过芬芳的空气
欢乐的飞尘
温顺地缄默在憧憧魅影
秀挺的双腿
完美地勾勒着鲜甜的美学
挥洒的汗水
是玉肌奉献的珍珠
云朵忘了手帕
为精彩嘘声一片
鸽子记住了她的芳姿
用翅膀在高空打下满分
杂志的页面为她苏醒
用亮光拍下闪动的动作

诗歌的灵感握上了球拍
在楼宇间自由穿梭　寻觅问踪
网球场上的阳光少女
如此美妙动人
如此欣然雅观
叫我如何不渴求那道风景
叫我如何不为她纵声歌唱

水中天鹅

——观湖水中的天鹅有感

亦在我心中
淤泥的梦呓中
她的翅膀在升腾
芦苇的期盼中
她的魅力在写意
诗歌是水珠
湿湿地　湿湿地
飞溅在那圣洁的羽毛
化进无尽的柔软
瞳孔是胶卷
美美地　美美地
观赏着她幽幽浮水

798 艺术区

我向 798 走去
蓝色女人骑着自行车
铜人高高地耸立无语
艺术的油漆粘不住我眼睛
我只在瞻仰你盛大的出现
798——我诗歌灵魂的渴望
阳光欣赏了你的金砖玉顶
命运的向日葵将在我灵魂的净土上盛开
在凛冽的北风中闻到了艺术的幽香
诗歌的感召遇上梦的指南针
那里是我诗歌的归宿生命的阳光
那里有一扇神奇的之门
如母亲的怀抱向我打开
我不是孤独的苦行僧
路边扬起的每一粒灰尘
都是我彩色的伴侣
身后还跟随着那么多艺术作品

春天的嫁衣

冬天的街道上
你是流动的温馨
在凛冽寒风中信步徜徉
散发着羽绒服淡淡的幽香

冬天的天空中
你是飘然而至的香雪
心灵在温馨中融化
领读了人间最温暖的童话

你便是我芬芳的冬天
羽绒服是你嫁给春天的衣裳

花季少女莫吸烟

玉蕾般的少女
恋吸着灰烬似的香烟
大地母亲在怜惜之际
用风唇吹灭了罪恶的烟火
远处的果林中苹果红透了

红 豆

像一本诗集
给了我无限的遐想
远在天涯的红豆
是否呈现油红色彩
吟咏那千古传唱的诗意
我不由穿起红豆衬衫
她为孤独的星期天
赋予新的生命意义
不禁让我朗诵那首古诗
红豆请把我带到天涯
带到相思已久的她的身边
站在浪漫的海边沙滩
一起领略那千古绝句
红豆生南国……
红豆请为我酝酿美梦
和她牵手走进园林深处
花前月下长相厮守
用多情的藤叶将爱情紧紧缠绕

她的眼神

恰似一颗圆宝石
光亮与尊贵交替闪烁
恰似流动风景窗
随着音乐在舞台上流动
恰似晶莹剔透的水晶
不断映射美丽的光芒
恰似让一切复活的夜明珠
在风的蚌壳里诞生微妙
她的眼神时而宁静如雪
仿佛蕴涵着一个漫长的期待
时而却迅猛似火
流露着向命运进攻的气势
美哉！她的眼神
映射美丽尊贵之灵魂
升华如梦如幻的境界
巧哉！她的眼神
泉水般涌入人们的心田
激起对典雅的无限憧憬……

出版诗集的愿望

出版诗集的愿望
在我思绪里萌芽
诗歌穿着精美的封面
在我梦里酣睡
我晓得谁有一双美丽的眼睛
要用真心品读我的诗集
我知晓谁有两只素纤的手
在灯下翻阅我的诗集
出版诗集是我月亮下的梦
金钱不是我的桎梏
莫要让诗集——人间纯洁的花朵
在金钱的魔爪下凋谢
唯有诗歌才能解救颓废的灵魂
我在床头苦苦寻觅着梦中的诗集
那诗集仿佛长着天使翅膀
早已飞出窗外遁入云天
从梦中醒来的我继续抒写诗歌
征服这个世界的鲜艳文字
要用诗集唤醒我流光溢彩的命运

都市的夏天

一张绿茶广告
一位穿着露脐装的少女
我不断质问自己
这能代表都市的夏天吗?
或许霓虹灯下没有蝴蝶
窗外的星星总是睡眼惺忪
我总觉得都市的夏天缺点什么
总祈祷着千万别刮沙尘暴
使女孩的裙裾染上灰尘
使玻璃幕墙滴出方形眼泪
而此刻，窗台上的那株仙人掌
默默地讲述着撒哈拉的故事
让我在沙漠中梦见传说中的牧羊女
用歌声染绿了辽阔的草原

天 池

游车在松林间向往着她的悠远
仙鹤在云海中飞鸣着她的神秘
我终于登上了这座圣山
心灵瞻仰了那潭幽水——她叫天池
她是长白山的眼睛　岁月醇美的佳酿
云朵是她的鱼儿　宁静是她的碧波
唯有思绪律动在亘古往事之中……
一瞬间的爆发缔造了千年的宁静
一层薄雾吻盖了千层神秘
还有那仙女的胴体　猎人的欲火
一个传说洞穿了一个民族的兴衰
这是天池的伟大杰作吗
还是诗人的感怀　猎人的艳遇
问天池　她黯然无语
是否那场千古幽梦至今未醒

童 真

不知为什么
总爱注视
太阳下的蜻蜓
挥动着薄翼
追赶午后的寂寞
冰棍不甘落伍
钻出白棉被箱
吐着冷烟
涌上额头
几株青麻
绽放金黄的小花
默默地打扮着墙角
而她穿着蓝色裙
用那黑黑的小腿肚
吟唱着《乡间小路》

贺岁草原

——为自治区成立六十周年而作

这是一片美丽的草原
山川是我连绵的思念
敖包是我膜拜的神灵
雄鹰是我奋飞的梦想
天涯是我远方的追求

这是一片神圣的草原
一代天骄长眠于此
戎马传奇代代相传
一首出塞曲绝唱千古
青冢碧草四季常青

这是一片辉煌的草原
金三角唱响了西部凯歌
草原宝藏敞开了怀抱
首府立神鼎誉名乳都
乳香陶醉大洋彼岸

这是一片歌唱的草原
长调唤醒了世界的梦
马头琴响彻金色大厅
敕勒歌唱出了昔日的风采
草原金曲歌颂今天的辉煌

这是一片贺岁的草原
六十年的华章举世瞩目
大庆迎来四海宾客纷至
绿色的草原映入世界的瞳孔
各族儿女欢声贺岁草原母亲

哈萨尔颂

您的神箭划过历史的长空
铮铮铁骨铸就一代神弓
您的银帐鼎立在科尔沁草原
不朽威名守护着这片一马平川
啊！一代神弓哈萨尔
永不灭的科尔沁魂
慈母诃额伦曾赞您的胸怀
圣祖铁木真曾称赞您的功绩
宽广的胸怀承载着科尔沁草原
神弓的传说被科尔沁儿女传颂
啊！一代神弓哈萨尔
永不灭的科尔沁魂

您的恩泽如长河波涛
让科尔沁草原风调雨顺
您的雄姿似罕山雄伟
使子孙后代永远瞻仰
啊！一代神弓哈萨尔
永不灭的科尔沁魂

沙尘

沙尘是一场露天电影
每逢春天降至
拉开铺天盖地的黄幕
不分昼夜，上演不停
沙尘是被抛弃的新娘
身着遮天蔽日的灰色婚纱
哭着，喊着，跑着
追赶着绝情的新郎
沙尘是失落的候鸟
奋力扑打着微小的翅膀
温柔地飞落我的瞳孔
化作一片片绿色草原

壶口瀑布

像旗帜似的飘荡
像烈火一般燃烧
像原子弹般爆炸
奔腾的蘑菇流像嘶鸣的烈马
不禁振奋了我的雄心壮志
霎时间，赋予了我万丈豪情

他愤怒得更像巨大疯牛
卷起冲天的浑浊浪花
每一朵浪花即是一个巨掌
啪啪扇打着顽石的嘴脸
每一层波浪即是一条牛皮鞭
狠狠鞭挞着岩石的肥臀

我伫立在铁栏杆之旁
瞻仰着您博大的盛怒
吟咏那首千古绝句——黄河之水天上来
真想化作一滴浑浊的黄水

怀抱其一撮多情的尘土
卷入您汹涌翻滚的漩涡
感受那核爆炸般的冲击力
真想学跳入火山口的古希腊诗人
剥光三十余年的层层忧郁和寂寥
纵身跳到您滚滚叱咤的巨浪
接受脱胎换骨般的盛大洗礼
在激流澎湃中蛟龙般翻腾起舞
我掬起您这泓天上来的神水
洗涤人世间的假、恶、丑
润泽世俗间枯萎的哲学
浇灌老农田垄似的皱纹
擦拭乡间姑娘黝黑的脸蛋
用您的圣水为干旱的故乡祈祷
让爱人柔美的睫毛沾上杏花雨
为她传递黄河母亲真挚的祝福
激荡人心　洗刷灵魂的壶口瀑布啊
您为我赋予了振奋一生的豪情壮志

空中的美丽

宛若一株江南的广玉兰
机舱中的你芬芳又娉婷
恰似瑶池仙娥降临凡间
你的笑靥伴我起飞升空
诗句在云朵中激情绽放
高雅在夜空中曼妙善舞
坐在温馨舒适的天椅
系了你花语叮咛的安全带
品着晶亮美味的天肴
犹看过道中蓝色风景婆娑
窗外明月擦亮了眼睛
悠然仰慕着你的鲜艳
星星又在夜幕中梦呓
呼唤你胸牌上的芳名
那机翼下阑珊的万家灯火
映照了我难舍难分的情怀
你有一双天使的翅膀
带我飞向遥远芬芳的城市

随着飞机款款而降

愿你也飘落在我梦的爱河

带上一丝甜美　一杯橙汁

我还要美美地品读一万年

穿白裙子的女孩

风静静地聆听
那乳白色的芳香
烈日企图领悟她
美玉般的芳心
却用滚烫的光炙烤着
使我手中的雪糕悄然化掉
只留下赤裸裸、湿漉漉的木棍

自行车

丁零零　一阵自行车的铃声
穿着中山服的七十年代
竖起耳朵听着　笑着
四合院墙角的蛐蛐也在歌唱

叮当当　酒杯碰到一起
里面斟满生活的新甜
硕红的喜字瞪大了四个眼睛
望着八十年代的万物复苏
而新娘眼里
只有精致的手表和自行车

嗖　轿车擦身而过　直奔立交桥
你却满身灰尘
用疲惫的双轮
驮着最勤劳的人们
走在九十年代的霓虹灯下
显得那么美中不足

放假前的夜晚

放假前的夜晚
我总魂不守舍
那些中文系的美女
乘上出租车走出校园
送行的人却是中年大款
校台的女主持的一袭白裙
点亮了幽暗的松树林
走向黑夜欲望的血盆大口
殷红的教学楼该休息了
可是面前的喷泉却坐卧不安
一丝叹息与蝙蝠的翅膀相撞
让我终于想起昨天买的车票
我也该走了　不带走这夜晚的灯火和人

敕勒歌

我站在阴山之巅
眺望土默特川
塞北天高云淡
秋风依旧送爽
而不见了绿草和牛羊
只见楼宇林立
不由让我怀念那首敕勒歌
鲜卑人虽挥鞭西去
将那首动人的歌谣留在此地
让我怀念它古老的意境

致莫·呼和胡

辽阔的阿拉善
是你连绵的诗意
异乡的孤独
折不断你奋飞的翅膀
巍峨的贺兰山
是你男人的胸怀
云朵的狂卷
盖不住你升腾的诗魂
呼和胡，一团黑暗中
燃烧的烈火
呼和胡，一匹荒漠中
奔驰的骏马
你注定将寂寞
埋葬在那株胡杨之下
乘着蓝色的诗风
飘向遥远的青城
走向土默特川的旷野
举起刚强的弯刀

劈断一切艰难与困苦

踏碎那所谓寂寥与困惑

用五十载的壮美春秋

书写一个男人的史诗

车 展

你的长靴静静地
停泊在人群的港湾
一丝微笑点亮了
车身油漆的色彩
车灯是复活的光明
吮吸着你裙裾的火辣
轮胎有如温顺的猫
在你的美丽中酣睡
这里有你玉嫩的静谧
还有那长袜的丝柔
你亭亭玉立在瞳孔中央
让欲望焚烧了整个展厅
或许明天他们不再买眼药水
或许他们本身就是车
开走了你今天的风采……

马背上的风景

娴静地端坐在马背上
手里牵着风景的缰绳
美丽的坝上草原
是衬托你的绿色胶卷
美女　骏马　草原
让视觉在此瞬间凝筑
蓝天陶醉了你
纯真贴身的牛仔装
阳光迷恋了你
芬芳素雅的脸颊
难舍你的丽姿
大雁忘了南归
染读你的盎然
牧草不再秋黄
你在马背上写意着油画
我想那里没有风
空气的花纹在流淌着
唯有你马背上的风景
在此瞬间让我驻足欣赏

锯 子

你这个武装到牙齿的法西斯
嗷嗷地叫嚣着
飕飕地张狂着
毫不姑息老树的老泪纵横
嫩枝娇叶的苦苦哀求
啃噬着人类的绿色家园
撕开蓝色星球的绿色围裙
树木的倒地声是你的进行曲
飞散的锯末是你侵略的炮灰
我要打造一支无坚不摧的钳子
拔掉你的每一颗狰狞的钢牙
让你满地找牙　落荒而逃

思念的羽绒服

你穿着黄色羽绒服
徜徉在寒冬的城市
让冬天散发淡淡的馨香
思念的雪在羽绒服上为你融化
对诗人而言
冬天有童话般的白桦林
唯有你的羽绒服在林中歌唱
唤醒了白桦春天的梦
我蛰伏在你暖暖的感觉里
为你唱响着冬天浪漫的歌谣
你是人间最美丽的玲珑
羽绒服是你色彩斑斓的冬天
你将穿着它走进童话的春天

初一的早晨

我朝着命运复苏的方向
独自散步　思考　散步
玉鼠啃噬了我以往的郁闷
金牛顶起了我升腾的福祉
路上邂逅命运的缪斯女神
这是我春天美丽的开始
踏进了雪一样宁静的期待
望见那杨树的优雅枝干
觉得是冬天美丽的标本
听汽车喇叭的齐声大合唱
觉得是向春天冲锋的长号
我就在诗歌的竹林中散步
朝气蓬勃地走向人生的春天

哈 达

哈达如一杯圣洁的鲜奶
流淌在她的柔嫩双手
却滋润了我的心底
奶酒如草原纯洁的甘醴
牵着我走在透明的黑暗
却唤醒了一个温馨的黎明

油纸伞

濛濛烟雨中
多少楼台在沐浴
唯有你的油纸伞
让我融化在江南的娇柔
丝丝清爽中
多少夏天天使般追随
唯有你的素裙
遮住了我赤裸的诗歌

齐刘海之赞

当列车穿过繁华的都市
我想起你清纯醉人的齐刘海
曾在舞台上散发了淡淡幽香
拨动微风亲吻的欲望
点燃天使嬉戏的梦想
映射丝丝阳光的明媚
倾诉玫瑰花瓣的诗语
我在领悟其中的美雅哲学
鉴赏时尚对你的清纯眷恋
我还晓得上帝有一支柔美的画笔
唯独为你画下了娟秀的齐刘海

老照片

一张尘封已久的老照片
让人用心去擦拭
留恋那墨裳玉容
我是你八十年代黑白的思念
还有那乖巧秀丽的麻花辫
是我那段走不完的岁月长廊

辽代白塔

你是我瞳孔中洁白的信念
用千年不渝的期待
伫立在无垠的荒野
唯有清风陪伴着你
为你擦拭历史尘埃
唯有行人瞻仰着你
为你翻阅暗藏的经卷
夕阳为你奉上了万道晚霞
每一道都是一句灿烂的祝福

花样游泳

观众的眼睛
在你优雅的身段上蝶泳
而我的诗行
在你娇柔的心灵遨游
浪花也睁开蓝色的眼睛
在飞溅的激情中守望
那多情的浪花是泳池的诗歌

邂 逅

伞下散发着
你香水的味道
正如阳光中散发了
彩虹的味道

女诗人

当你面露纯嫩而自信的一丝表情
走过诗歌大赛炽热的舞台
宛若银箔的舞台曾延伸在你眼前
而她却没有你的心灵曼妙洁白
让我读懂了夏天雨滴的暗恋
每一滴都呢喃着灰姑娘的童话
聚光灯为少女睁开了闪烁的眼睛
却不及你的杏眼顾盼生辉
让我看到童年那片杏花盛开的季节

七月的青城酷热难耐
而你的齐刘海是心灵的绿荫
中山大街虽霓裳万千
而你优雅的装扮送上了婉约的清爽
你的课本里是否有《海的女儿》
我只觉你是青城娇美的女儿
你的梳妆台是否置着睫毛刷
那长长的睫毛在卷动着柔美的灵感

连夜晚的明月对我倾诉着你
命运芳菲的拼搏和成功写下的日记

我伫立在土默特川
面对着大青山为你祈祷——
愿阳光化作灵感照耀你的诗章
云朵化作衣裳飘到你的行包
细雨化作香水流进你的宝瓶
梦想化作翅膀带你飞到远方
丁香花化作桂冠亲吻你的额头
愿那片幽蓝的塞外青城
陶醉在你女诗人的纯真美丽

九寨沟

真想再去一次九寨沟
实让人不禁怀念那美丽风景
空气青稞酒般醉人
音乐天籁般恬静
还有那尽染的森林和幽静的海子
似乎有云朵忘却迁徙
仿佛明月从湖面上升起
是向人间挥洒幽雅色调的仙娥
亦是从绿水晨雾中升腾的玉净芙蓉
我在梦的幽径里昂首阔步
从绿色中飘来　亦向绿色飘去
倾诉九寨沟的无尽灵秀
让心醉入薄纱般的梦境
诗人郁闷的夜晚被九寨沟的风吹散
尤被九寨沟的蒙蒙细雨滋润开怀
一首诗歌化解了我沉寂的郁闷
不由信步踏上了梦的旅途
那边是期盼已久的美丽寨子
都市中再也寻不到的远古风景

广州印象

有多少多情的雨滴
汇聚成思念
洋洋洒洒　洋洋洒洒
落在花城的冰肌玉肤

有多少梦的翅膀
飞进文学的殿堂
叫醒虔诚的耳朵
接受一堂堂洗礼

有多少裙裾
盛开在羊城的瞳孔
有多少鱼口高跟鞋
隐遁在梦的小巷

有多少榕树
用胡须般的藤蔓
为我挡风遮雨

让我畅饮珠江啤酒

有多少只蚊子
寻找我这异乡客
嗡嗡的倾诉
潮湿的孤独

有多少温柔的手
捧起我滚烫的泪
有多少离别的诗句
表达我难舍之情

我要变成爬行动物

我要变成爬行动物
在茂密的原始森林里
蠕动着肚皮
来一个最古老的深呼吸

我要变成爬行动物
称霸远古的侏罗纪
在荒漠中埋下洁白的蛋
孵化人类崭新的明天

上海印象

城隍庙头云片糕
暖我饥肠度黄昏
时尚街上月份牌
更忆当年粉如玉

小 巷

这条小巷是花枝招展的小巷
少女的裙裾每天中午在这里盛开
这条小巷是温馨浪漫的小巷
诗人的自行车每到黄昏从这经过
这条小巷是浓香飘逸的小巷
孤独的老人用阳光炒着炽热的瓜子
这条小巷是持之以恒的小巷
勤奋的鞋匠敲打缝补着生活的裂缺

一串串榆钱在这里贯穿春天的思念
一滴滴夏雨在这里滋润颓废的灵魂
一口口铜锅在这里开涮冬日的忧愁
一首首诗歌在这里演绎生活的万象

这条小巷是大千世界的毛细血管
却输送着最奔放活跃的新鲜血液
连那小蚂蚁都忙碌地背起面包屑
唱着嘹亮的长调走向幸福的家园

荒野感悟

不奢求富丽堂皇的屋檐
筑巢在简陋的杨树
喜鹊歌唱着幸福

下午的古筝

独自听古筝的下午
犹如深海里的鱼
唱着太阳遨游

飞 机

寂寞的银雀
拖着长长尾巴
在碧空徘徊

酒起子

我手握钢质起子
叩开冰封的美酒
掀开泡沫的一瓶幽梦

盘 坐

宇宙是我的胞衣

丹田是我的肚脐

我在黑暗中吮吸着光明

中午的飞机

冬天的中午在寂寞的窗前
有一架飞机苍蝇般嗡嗡地飞过
我却望见了空姐甜美的笑容

图书在版编目（CIP）数据

牛蒡草 / 海风著. -- 北京：作家出版社，2017. 2
（中国少数民族文学发展工程·出版扶持专项丛书）
ISBN 978-7-5063-9376-8

Ⅰ. ①牛… Ⅱ. ①海… Ⅲ. ①诗集- 中国 - 当代 Ⅳ. ①I227

中国版本图书馆CIP数据核字（2017）第041970号

牛蒡草

作　　者： 海　风
责任编辑： 史佳丽　李亚梓　李　夏
特约编辑： 张绍锋　郑　函
装帧设计： 曹全弘
出版发行： 作家出版社
社　　址： 北京农展馆南里10号　　**邮　　编：** 100125
电话传真： 86-10-65930756（出版发行部）
86-10-65004079（总编室）
86-10-65015116（邮购部）
E-mail:zuojia@zuojia.net.cn
http://www.haozuojia.com（作家在线）
印　　刷： 北京玺诚印务有限公司
成品尺寸： 170×240
字　　数： 120千
印　　张： 7
版　　次： 2017年6月第1版
印　　次： 2017年6月第1次印刷
ISBN 978-7-5063-9376-8
定　　价： 32.00元